AF232407

TROIS JOURS D'ANGOISSES !

22—23—24 MAI 1871

Les événements accomplis sous nos yeux, dans notre maison, et auxquels nous avons participé, ont un caractère si particulièrement tragique et émouvant, que j'en offre le récit à nos parents et à nos amis.

Je ne ferai d'ailleurs que transcrire les notes prises au moment même où les faits se sont passés.

Des devoirs impérieux me retenaient à Paris. Nos enfants étaient à Sermaise depuis le 24 mars, et pour la seconde fois nous endurions une séparation bien pénible. Ma sœur Berthe et mon frère Henri, obéissant à un sentiment d'affectueux dévouement, avaient voulu rester avec nous.

Mon frère, atteint par le décret de la Commune incorporant tous les hommes de 19 à 40 ans, allait chaque soir quai Malaquais, se réfugier près de trois amis, réfractaires comme lui. Nous vivions dans des perplexités incessantes qui croissaient chaque jour.

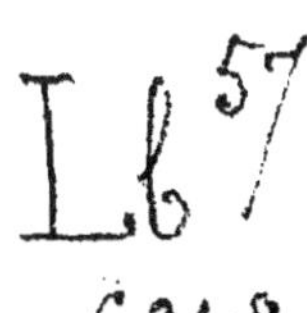

Nous craignions que la délivrance promise ne rencontrât des difficultés imprévues ; les journaux de la Commune, — les seuls qui nous restassent, — les discours dans les clubs, dans les groupes, entretenaient la terreur sous laquelle nous avons gémi pendant deux mois qu'a duré cette horrible partie dont l'ordre social tout entier était l'enjeu !

Cependant, samedi soir, une lettre de M. Corbin, colonel d'état-major de la garde nationale, circulait dans le parti des hommes d'ordre. Cette lettre commençait ainsi : « *Dans quelques heures l'armée sera dans Paris.* » Son but était de réclamer, pour notre brave armée, le concours des honnêtes gens.

Il faut avoir expérimenté la domination odieuse et brutale de ces hommes, à jamais maudits ! pour se rendre compte de l'anxiété avec laquelle, dans la nuit du 20 au 21, nous suivions la fusillade et la canonnade qui semblaient justifier la nouvelle rapidement répandue dans Paris.

En vue de l'événement attendu, Henri ne nous avait pas quittés ; la journée de dimanche fut pleine de tristesse : L'échec de l'armée proclamé par les journaux semblait vraisemblable, puisque le calme avait succédé à la canonnade qui entretenait notre espérance. Dans la soirée, un ami nous conta l'arrestation d'un jeune homme de notre quartier, opérée la nuit précédente. Nous engageâmes mon frère à regagner sa retraite.

La confiance paraissait ébranlée en province. Une lettre de mon beau-père m'engageait à sacrifier les intérêts et les devoirs qui nous retenaient ici.

La nuit du 21 au 22 ranima notre courage ! Le clairon, le tambour, les cloches des églises, appelaient aux armes les défenseurs de la Commune, et à 7 heures on nous annonçait l'entrée des troupes.

Ici commence le récit des événements consignés dans les notes que je vais reproduire.

LUNDI 22 MAI

Sept heures du matin. — Des groupes se forment ; les bataillons, composés chacun d'une centaine d'hommes au plus, prennent position ; les officiers, après avoir attentivement examiné la place de la Madeleine, dirigent la construction des barricades sur des plans certainement arrêtés à l'avance. Elles sont établies comme par enchantement.

Nous voyons la chasse aux passants s'exercer avec acharnement ; chaque homme est contraint de travailler aux barricades. Nous pensons à mon frère qui voudra se rendre auprès de nous. S'il sort, il sera pris et peut-être forcé de marcher avec ces misérables. Cette pensée m'obsède. Une domestique dévouée offre d'aller lui recommander de ne pas quitter sa retraite. A peine est-elle partie qu'une fusillade violente s'engage sur le boulevard Malesherbes ; la troupe est, dit-on, à l'église Saint-Augustin..... Que va devenir Jeannette ? Pourra-t-elle revenir !

Huit heures un quart. — Elle rentre haletante, et nous raconte au prix de quels dangers elle a pu arriver jusqu'à mon frère. Déjà les balles sifflent rue de Rivoli et rue Neuve-des-Petits-Champs. Henri restera soigneusement caché.

La place de la Madeleine est le centre d'une position formidable. La barricade la plus importante est celle du boulevard Malesherbes, qui se relie à celles des rues de l'Arcade et d'Anjou. Le passage de la Madeleine est un refuge précieux pour les combattants ; ils s'y reposent allongés sur les trottoirs, et improvisent une ambulance dans un hôtel meublé.

Je monte au sixième étage ; une fenêtre à tabatière

devient mon observatoire ; j'y trouve un individu qui m'explique ainsi sa présence : Lieutenant de la garde nationale de Passy, ne voulant pas participer à cette guerre criminelle, il s'est esquivé pendant qu'on construisait la barricade du boulevard Malesherbes. Son livret et un certificat des plus flatteurs de son commandant, sur sa conduite pendant le siége, me rassurent; je promets de le loger et de le nourrir. Il est resté deux jours avec nous.

Dix heures. — Les fédérés font ouvrir les portes cochères de notre maison : l'une donne accès sur la place, l'autre sur le passage de la Madeleine.

La distribution des vivres, munitions, etc., se fait dans notre cour qui devient le quartier général de l'état-major. C'est un va-et-vient continuel d'officiers. Les soldats sont couchés et paraissent exténués de fatigue; quelques-uns, plein d'ardeur, engagent une fusillade nourrie, à laquelle il ne nous semble pas qu'on réponde.

Midi. — On apporte un blessé, et peu de temps après un jeune homme, sans uniforme, atteint mortellement à la tête, qui reste plusieurs heures étendu dans le passage, à côté du camarade chargé de distribuer les rations. Ce dernier continue à partager ses portions de lard, avec un calme incroyable.

Deux heures. — Les morts et les blessés sont nombreux. L'armée se rapproche donc? L'entrain paraît plus grand parmi les insurgés. Ils acclament l'arrivée de deux pièces de 12, que l'on met en batterie à l'entrée du boulevard Malesherbes. De mon observatoire, je vois éclater les obus sur la façade de l'église Saint-Augustin.

Les fourgons de munitions sont sous nos fenêtres; des gamins, des femmes donnent un concours actif aux artilleurs, peu nombreux, chargé du service de ces pièces. Rien ne peut donner une idée du vacarme produit par les décharges incessantes qui ébranlent la maison.

Quatre heures 45 minutes. — Grande panique..... ; les défenseurs de la barricade se retirent en désordre. Sont-ils délogés ? Non, ils reviennent et commencent du coin du passage une fusillade désordonnée sur les maisons du boulevard Malesherbes.

Cinq heures. — Une femme amène une charrette pour enlever les morts. On les recouvre de paille, après les avoir alignés dans cette voiture ; puis on fait monter un jeune homme, presque un enfant, blessé à la tête ; on l'étend sur les cadavres. (Nous avons su depuis que c'était une femme. Du reste, ce fait s'est produit fréquemment.)

La fusillade semblait redoubler ; l'attaque de la barricade paraissait imminente, quand des cris de « Vive là ligne ! A bas les armes ! » nous font tressaillir d'épouvante.... Grande agitation parmi les fédérés ; j'éprouve une indicible anxiété !..... C'est un soldat, un seul, qui s'est rendu. Peut-être s'est-il trop aventuré ; les insurgés l'entraînent ; le malheureux supplie qu'on le fusille si on ne le traite pas en prisonnier. Mes craintes, en entendant ces cris qui me rappelaient la funeste défection du 18 mars, ont été une des plus douloureuses émotions de ces horribles journées.

Un capitaine, armé d'un fusil, comme tous les autres officiers, circule sur le toit de la maison de la rue de l'Arcade faisant face au passage de la Madeleine, et se vante d'avoir « mis sur le dos cinq lignards et trois gendarmes ». Un autre, abrité derrière une cheminée, tire avec une véritable rage dans la direction du boulevard. Combien de braves doivent tomber sous les coups de ces assassins !

Six heures. — Nouvel examen de la place par les officiers qui désignent particulièrement notre maison. Ils annoncent qu'ils viendront s'installer chez nous pour tirer des balcons. Nous déménageons les appartements en façade sur la place, afin d'atténuer les dégâts.

Neuf heures. — Je crois entendre siffler les obus venant de Montmartre. — C'était, de tout temps, l'objet d'une de nos terreurs. — L'attaque par la troupe semble justifier le bombardement du quartier. Je ne me suis pas trompé : un obus éclate place de la Madeleine.

Nous descendons à l'entre-sol ; des matelas sont étendus dans la salle à manger. Adèle et Berthe y prennent place, ainsi qu'une demoiselle habitant une très-modeste chambre au sixième, et qui, justement effrayée, reste avec nous pendant ces heures terribles.

La fusillade, non interrompue, redouble de dix heures à minuit, s'affaiblit de minuit à quatre heures, moment où nous remontons chez nous compléter le déménagement commencé la veille.

MARDI 23 MAI

Sept heures du matin. — Arrivée d'un renfort avec drapeau rouge et aux cris de : « Vive la Commune ! » C'est un bataillon, le 190ᵉ. Il compte 65 hommes.

On nous raconte que les officiers trouvent la position très-favorable ; qu'ils ne l'abandonneront pas et mettraient le feu à notre maison s'ils ne pouvaient plus s'y maintenir.

Un sergent insiste galamment auprès d'une jeune bonne pour qu'elle parte sans tarder. Grand émoi chez nous. Il faut prendre nos dispositions pour la fuite qui peut devenir nécessaire. Nous n'emporterons rien que nous-mêmes ; c'est le plus simple.

Neuf heures. — Les blessés arrivent en assez grand nombre, et l'ambulance du passage est insuffisante.

Une remise dans notre cour est utilisée ; on la surmonte du drapeau de Genève : nous y envoyons du linge et du vin.

Dix heures.— Le chirurgien-major du 190ᵉ bataillon vient nous remercier. Je lui offre de prendre ses repas chez moi. Je lui demande s'il a eu connaissance de ce projet stratégique d'incendie ; il nous rassure : les fédérés ne peuvent tenir là que quelques heures, dit-il ; ils seront délogés, et alors nous n'aurons plus rien à craindre.

Onze heures. — Nous déjeunons : un potage, un œuf. Personne n'avait songé à dîner hier.

Midi et demi. — Le chirurgien-major a calmé la terreur produite par la perspective de l'incendie. Son bataillon a essuyé, en arrivant sur le boulevard, une fusillade venant de la rue Caumartin. Nous reprenons courage.

Grand bruit dans la cour ; un homme est dépouillé de ses vêtements ; un officier le tient au collet ; il va être fusillé ! Ce malheureux a volé des chaussettes et divers objets dans un magasin dont la devanture a été enfoncée *pour le service*. Il pousse des cris lamentables ; l'officier le menace de son revolver. Notre concierge supplie qu'il ne soit pas exécuté dans la cour. On l'emmène ; je crois voir qu'il a obtenu grâce. — Une balle brise une glace d'une fenêtre du salon à l'entre-sol.

Une heure. — On affiche la *dernière* proclamation du Comité central ; elle s'adresse à « l'armée de Versailles », l'exhorte à mettre bas les armes, et se termine par ces mots : « Lorsque la consigne est infâme, la désobéissance est un devoir. » Rien ne nous paraît changé dans la situation depuis hier. Les insurgés occupent les mêmes positions : la fusillade continue ; nous ne voyons aucun résultat.....

Comment exprimer les impressions que l'on subit

dans de pareils moments ? Ne sachant rien de ce qui se passe en dehors de notre quartier, nous en sommes réduits à épier les conversations des officiers et des derniers arrivants de nos ennemis,

Deux heures. — Le docteur Rouxel revient pour prendre un bouillon ; son attitude trahit un certain embarras. Voulant reconnaître notre hospitalité, il m'engage à prendre *sur moi* mes valeurs. Pressé de questions, il déclare qu'un délégué du XIe arrondissement, « un galopin », se vantant d'être l'auteur d'un plan qui doit anéantir les assassins de Versailles, a ordonné l'incendie du quartier Saint-Honoré. Le pétrole est prêt. Notre maison doit expérimenter le procédé ; son importance stratégique lui vaut cette préférence.

Le docteur lit sur la figure de ma femme l'effroi produit par sa révélation ; il cherche à en atténuer l'effet. Il promet de nous prévenir en temps utile ; il espère que l'ambulance pourra nous sauvegarder ; en tout cas nous partirons avec lui, protégés par son drapeau... L'heure présente est un supplice horrible !

Fuir est impossible ; les balles sifffent de tous côtés, et pourtant nous devons nous tenir prêts. Le sacrifice de notre intérieur est fait ; je jette un coup d'œil d'adieu sur ce mobilier auquel nous étions si attachés, et je ne cherche qu'à rassurer ma pauvre femme attérée par la perspective du brasier qu'on nous prépare.

La résistance s'affaiblit ; quelques acharnés seuls répondent à la fusillade nourrie qui se rapproche sensiblement. La barricade n'est plus tenable ; on ne tire que du coin du passage. Si nous pouvions être délivrés avant la fin du jour !

Notre cour offre un spectacle vraiment incroyable. L'armée est à quelques pas, dans cinq minutes les assaillants peuvent arriver..... Eh bien ! nous voyons cette troupe bigarrée, insouciante comme la veille, préparer les aliments, partager le pain, cuire la viande, boucler les sacs, avec autant de nonchalance que s'il s'agissait d'une promenade militaire pendant le siége !

Un blessé vient se faire panser ; il se soutient à peine : il est ivre ! Cet homme, haut de taille, porte une longue barbe noire ; sa figure, couverte de sang, lui donne un aspect hideux...

Quatre enragés soutiennent l'attaque sans tenir compte des ordres de leurs officiers qui les abandonnent.

Quatre heures et demie. — Nous sommes réunis dans la salle à manger, l'oreille au guet... On sonne... C'est le major : « Versailles arrive, vous êtes sauvés ! A quelles horreurs vous échappez ! Adieu ! »

Nos poitrines contiennent difficilement les battements de notre cœur. Le major revient, suivi de son ambulancier. La maison est cernée ; ils n'ont pu s'échapper et demandent asile.

Des coups de fusil partent dans la cour ; nous voyons de la fenêtre deux gardes nationaux frappés à mort ; un autre, à côté, donne encore signe de vie. Je reconnais l'homme à la barbe noire : il vient d'être atteint par une balle à l'épaule.

Des cris perçants partent de l'escalier !... « Ouvrez !... C'est la concierge éperdue : « On se bat dans la cour !... Ils montent... Qu'allons-nous devenir ? »

Je fais entrer précipitamment la pauvre femme.

Les minutes décident de notre sort. Il faut tâcher de nous isoler, et que justice soit faite...

On frappe violemment. « Qui est là ? »

Comme réponse, les bandits qui nous assiégent ébranlent la porte ; elle va céder... « N'ouvrez pas, me dit le major, ou nous sommes perdus. »

Une idée, un éclair ! J'ouvre... J'avais pris ce parti. Je me trouve en face de huit forcenés dont les fusils étaient braqués sur nous !

Prêt à une défense désespérée, je tenais mon revolver ; mais l'idée qui m'a fait leur ouvrir assure notre salut.

« Passez, leur dis-je, passez vite, et montez l'escalier que vous trouverez.

Ils se croyaient sauvés en gagnant par la cuisine, l'escalier de service.

Tout cela en moins de temps qu'il n'en faut pour lire ces lignes. Ils sont partis.

Nouveau vacarme... La porte de l'appartement du cinquième vole en éclats... puis le silence... Je me tiens sur l'escalier... on monte ; je me trouve en présence d'un capitaine du 6ᵉ de ligne, couvert de poussière, qui, ne voyant en moi qu'un complaisant pour ses ennemis, alors que je l'eusse embrassé comme un sauveur, m'interpelle sévèrement :

« Je suis seul, sans armes ; vous cachez des insurgés ; vous répondez de ma vie. Un coup de fusil tiré, et tout le monde sera passé par les armes ! Mes hommes sont en bas et attendent...

— Capitaine, je suis sûr qu'il ne vous sera fait aucun mal. » — J'espérais être entendu des envahisseurs d'en haut. « En effet, des hommes sont cachés ; ils se rendront, je n'en doute pas. Auront-ils la vie sauve ?

— Oui, s'ils remettent leurs armes à l'instant. »

Je gravis l'escalier ; je trouve deux hommes sur la défensive. L'un d'eux, surtout, refuse de se rendre ; je leur représente l'inutilité d'une résistance dont le résultat sera la mort de tous. Je les quitte : la réflexion aura plus d'action que mes raisonnements...

Nous envoyons la cuisinière annoncer aux réfugiés du 6ᵉ que leur reddition assure leur vie sauve ; ils remettent leurs fusils ; ceux du 5ᵉ les imitent.

Nous sommes sauvés !... Nous le croyions du moins. Trois soldats suivent le capitaine qui visite minutieusement mon appartement. Je guide ses recherches.

Les prisonniers sont comptés, mis sous la garde des soldats,

L'abattement de la plupart des fédérés contraste avec la rage de deux d'entre eux, les plus jeunes. L'un porte des habits civils élégants, du linge fin, des chaussures vernies. — Il a trouvé le temps de revêtir les habits du voisin dont il a envahi le domicile. — Il est briquetier de profession... Il déchire son mouchoir avec ses dents, des larmes de rage coulent de ses yeux.

L'autre, un gamin de Paris, insolent et rusé, fils de l'homme qui gît blessé dans la cour, roule une cigarette avec une insouciance et un sans-gêne cyniques!... « Pourquoi nous rendre? La mort n'est-elle pas préférable à Cayenne? »

Un autre, au visage pâle, nous montre le certificat du médecin qui le dispensait du service. « Ils m'ont fait marcher de force, dit-il tristement; ils m'auraient fusillé si je n'avais pas obéi. » Il paraît sincère.

Un homme plus âgé attire notre attention; sa physionomie trahit un abattement profond. « Quel âge avez-vous, lui dis-je, en lui frappant l'épaule? — Trente-cinq ans; j'ai une femme, cinq enfants que j'adore et qui m'aiment tant!... Voilà deux pains et la viande que je leur gardais... Mes enfants sont si beaux! de « vrais Jésus »; je ne les verrai plus!... Ma femme va s'asphyxier avec eux quand elle saura...» Les sanglots l'empêchent d'achever.

Comment rester insensible à pareille douleur! Nous sommes tous émus jusqu'au fond de l'âme, et je promets à ce malheurenx que sa femme saura qu'il est prisonnier, qu'il lui reviendra; en attendant, je veillerai sur ses enfants. Cet homme me regarde fixement, me prend la main, demande mon nom; je n'hésite pas à le lui donner, avec mon adresse : il ne sait pas où il est.

Les soldats, distraits par nos questions, ont perdu de vue les prisonniers; deux ont disparu. La vie des autres peut dépendre de cette évasion, et moi-même je serai certainement compris.

Les fuyards sont ramenés ; ils ont cherché à se cacher dans l'appartement qu'ils avaient précédemment envahi ; les autres les menacent, les injurient, et promettent de les surveiller.

Le capitaine revient, il est accompagné de M. Tripier, officier d'état-major, aide-de-camp du général Valentin, préfet de police chargé de l'instruction sommaire des prisonniers. Le silence se fait ; rangés sur l'escalier, ils sont successivement interrogés et fouillés ; leurs mains, examinées, sont un témoignage accusateur.

L'interrogatoire terminé, les officiers, s'adressant à nous : « A votre tour, Messieurs !... ». Il s'agissait du chirurgien et de moi.

Le premier exhiba sa nomination du mois d'octobre 1870 ; il a continué à donner ses soins aux blessés du bataillon. J'insiste vainement en sa faveur ; l'uniforme est celui de l'ennemi. Les ordres sont formels.

J'étais loin de soupçonner que j'aurais moi-même à me disculper !... Le capitaine ne me laisse nulle illusion. J'ai cherché à favoriser l'évasion des insurgés ; je suis détenteur d'un fusil (ma pauvre tabatière vierge) ; enfin, et c'était le principal chef d'accusation, j'étais en relation avec des insurgés, puisque l'on avait trouvé mon nom sur l'un d'eux !...

Il ne me laisse pas répondre ; et pourtant il est si simple de prouver que je suis là parce que mon devoir m'y a retenu, que pour cela encore j'avais mon fusil. Impossible... le temps est précieux.

« Suivez-nous.

— Mais pourtant, capitaine, hasarde le lieutenant qui me connaît de vue, monsieur n'est-il pas chez lui ?

— Oui (c'est la seule circonstance atténuante qu'il me concède), monsieur m'a obligeamment fait visiter son appartement.

« Suivez-nous, continue-t-il, vous êtes prisonnier. »

L'incident ne me préoccupe nullement.

Je suis conduit devant le commandant. La cour est pleine de soldats qui s'y sont déjà installés ; ils mangent le repas, en présence de ceux qui l'avaient préparé, et qui sont leurs prisonniers.

Le commandant donne des ordres ; sa physionomie est énergique et sympathique ; il a été blessé au poignet en montant à l'assaut d'une barricade. Il ratifie l'engagement pris par le capitaine à l'égard des prisonniers, et recommande qu'ils ne soient pas maltraités pendant le trajet.

Comment dépeindre la scène dont à ce moment j'ai été témoin !... L'homme blessé dont j'ai parlé est étendu dans la remise, sur de la paille ; il donne à peine signe de vie. Avant de partir, son fils est autorisé à le voir.

Cet homme se dresse comme le spectre de Banquo ; sa figure, livide et couverte de sang, exprime une douleur morale et physique indéfinissables ; il étreint son fils, pousse des cris déchirants ! Le convoi des prisonniers est prêt ; on attend !... On les sépare. Le père reste debout, les bras étendus, les yeux fixes : « Mon enfant ! mon cher enfant !... je n'ai que lui ! ils me le prennent !... Ah !... » Il retombe épuisé.

Pendant ce temps, le commandant déclarait au major que des ordres précis l'obligeaient à le maintenir prisonnier. Il part avec les autres.

« Avancez ! » C'est à moi que le capitaine s'adresse. Il débite alors un réquisitoire violent, que j'écoute sans comprendre cet acharnement à voir en moi tout au moins un complice. J'allais répondre, quand le lieutenant, qui avait fait l'instruction sommaire, explique les faits brièvement. Le commandant ne le laisse pas achever. « Vous êtes libre, monsieur, » dit-il en me saluant poliment.

Je ne pouvais croire que j'aie couru un danger réel : M. Tripier me l'a appris le lendemain.

Et dire que j'ai donné au brave capitaine un superbe revolver, qu'un insurgé avait caché sous le tapis de l'escalier !

Six heures. — La maison, centre de l'action a l'honneur du drapeau tricolore ; nous causons avec ces soldats, déjà blasés par l'accueil qu'ils ont reçu depuis leur entrée dans Paris. Je m'enquiers du nombre de morts et de blessés dans l'attaque de cette partie du quartier... Un seul, et un officier, qui vient d'être atteint dans le passage. Sept insurgés ont payé de leur vie cet attentat ; on avait tiré d'un soupirail à bout portant, alors que le combat avait cessé ; les victimes sont là devant notre porte.

Huit heures. — Des insurgés se sont réfugiés dans la Madeleine. Un détachement de la ligne l'investit ; mais, à cause de l'heure avancée, on remet au lendemain la perquisition qu'on doit faire dans l'église. Il en restait en effet quelques-uns ; ils n'en sont pas sortis...

Leur disparition est un des épisodes si nombreux de ces jours néfastes ; mais il n'a pas sa place ici.

Nous respirons à pleins poumons. Que ne ferions-nous pour témoigner notre reconnaissance à ces soldats qui nous gardent !

Neuf heures. — Des officiers viennent placer des sentinelles à nos fenêtres qu'on laisse dans l'obscurité.

Neuf heures et demie. — Les insurgés sont repoussés trop loin pour que ces postes d'observation soient utiles.

Nous descendons à l'entre-sol pour la nuit ; un obus éclate dans le passage, déjà occupé par l'artillerie. La troupe construit une barricade pour se garantir. Nous avons appris depuis que ces projectiles que nous entendions siffler étaient dirigés de Montmartre contre la barricade de la rue Royale.

L'officier recommandait de ne pas atteindre la Madeleine ; il jugeait que le *tir devait être un peu court.* Quelle admirable précision.

Nous nous installons à l'entre-sol au fond de la cour ; un matelas est placé devant la fenêtre, et nous essayons vainement de prendre un peu de repos.

MERCREDI 24 MAI

Cinq heures du matin. — Nous nous mettons en mouvement ; chacun semble empressé de sortir du logis.

On contemple avec effroi les incendies de la rue Royale ; les secours font défaut ; le vent qui s'est élevé augmente le danger. L'indignation du peuple est si grande, que les insurgés arrêtés sont arrachés des mains des soldats et foulés aux pieds. J'assiste à des scènes indescriptibles.

Huit heures. — La garde nationale, venue des environs avec l'armée, se distingue par un brassard tricolore et une bande blanche au képi. Quelques officiers cherchent à organiser leur compagnie pour veiller à la sûreté de la ville.

Onze heures. — Ma femme et ma sœur ont passé deux heures assises sous la porte, s'entretenant avec les voisins. Chacun raconte les faits dont il a été témoin.

Midi. — Je suis abordé par un homme que je ne reconnais pas ; il se nomme... C'est un domestique de la maison qui s'était réfugié quai du Louvre ; le malheureux a dû, pendant quatre heures, séjourner dans une cheminée pour éviter d'être fusillé.

Les insurgés avaient décidé que ce serait le sort des réfractaires. Mon frère est dans ce cas, et précisément dans le quartier d'où vient cet homme.

Qu'est-il devenu ? Je veux aller le chercher, ma femme me retient ; elle est trop épuisée par les émotions pour que je lui impose cette nouvelle inquiétude. J'apprends, du reste, qu'on ne me laissera pas circuler.

Ah ! les heures que j'ai passées sont de celles qui laissent des traces profondes ; il me fallait lutter pour ne pas faire partager mes alarmes... Quelles souffrances ! Je ne pouvais tenir en place ; pour la première fois, pendant ces trois jours, j'aurais voulu donner un libre cours aux larmes qui m'étouffaient, et je voulais paraître calme !... C'était sur notre conseil qu'Henri nous avait quittés dimanche soir ; les conjectures les plus sinistres me torturaient l'esprit. Les événements extérieurs, les désastres qui nous entouraient, me trouvaient presque indifférent.

Trois heures. — La demoiselle du sixième nous assure que de sa fenêtre on voit distinctement des hommes qui circulent sur le toit de l'Opéra ; ils paraissent se cacher. J'appelle deux militaires qui sont à notre porte, et, munis d'une longue vue, nous montons au sixième étage. Les hommes sont une fiction, un effet d'optique trompeur.

Je descends avec mes deux braves soldats ; nous causons en trinquant : je cherche vainement une distraction contre le cauchemar qui nous poursuit.

Ma sœur me suggère l'idée de leur dire notre inquiétude ; ils m'offrent d'aller à la recherche de notre frère.

« Nous irons, disent-ils gaiement, et de gré ou de force, s'il y est, nous le ramènerons. »

Sept heures. — Ils partent...

Huit heures. — Nous embrassons notre frère.

Nous sommes sains et saufs tous les quatre. Nous voyons flotter le drapeau tricolore. Notre bonheur rachète tous nos tourments, et nous rendons grâce à Dieu.

Fontainebleau, imp. E. Thirel, rue Grande, 115.

www.ingramcontent.com/pod-product-compliance
Lightning Source LLC
LaVergne TN
LVHW010239030726
842520LV00007B/2639